Das magische Baumhaus junior

Mary Pope Osborne

Bedrohung im Paradies

Bisher erschienen:

Band 1: Abenteuer bei den Dinosauriern
Band 2: Auf der Spur der Ritter
Band 3: Die rätselhafte Mumie
Band 4: Suche nach dem Piratenschatz
Band 5: Das Geheimnis der Ninjas
Band 6: Verborgen im Dschungel
Band 7: Gefahr für das Mammut
Band 8: Die verlassene Mondstation
Band 9: Das Geheimnis der Delfine
Band 10: Ritt durch den Wilden Westen
Band 11: Im Reich der Löwen
Band 12: Rettung für die kleinen Eisbären
Band 13: Der große Vulkanausbruch
Band 14: Gefahr im Drachenreich
Band 15: Abenteuer bei den Wikingern
Band 16: Auf dem Pfad der Indianer
Band 17: Auf der Spur des Tigers
Band 18: Kleines Känguru in Gefahr
Band 19: Das Geheimnis von Olympia
Band 20: SOS auf der Titanic
Band 21: Rettung vor dem Wirbelsturm
Band 22: Flucht vor dem Erdbeben
Band 23: Lampenfieber vor dem großen Auftritt
Band 24: Gorilla-Baby in Not
Band 25: Bedrohung im Paradies

Mary Pope Osborne

Das magische Baumhaus junior

Bedrohung im Paradies

Aus dem Amerikanischen
übersetzt von Sabine Rahn
Illustriert von Jutta Knipping

Band 25

Loewe

Für Mel und Dana

ISBN 978-3-7432-0958-9
Überarbeitete Neuauflage des Titels *Abenteuer in der Südsee*
1. Auflage 2021

erschienen unter dem Originaltitel *High Tide in Hawaii*

Erschienen in der Original-Serie Magic Tree House™.
Magic Tree House™ ist eine Trademark von Mary Pope Osborne,
die der Originalverlag in Lizenz verwendet.
Veröffentlicht mit Genehmigung des Originalverlags,
Random House Children's Books, a division of Random House, LLC.
Aus dem Amerikanischen übersetzt von Sabine Rahn
Umschlag- und Innenillustrationen: Jutta Knipping
Umschlaggestaltung: Michael Dietrich
Printed in the EU

www.dasmagischebaumhaus.de
www.loewe-verlag.de

Inhalt

Ein Schiff?

Philipp und Anne saßen auf der Veranda und lasen. Auf einmal schlug Anne ihr Buch zu und sah auf.

„Hey“, sagte sie lächelnd. „Es ist wieder da!“

„Oh Mann“, flüsterte Philipp. Er wusste, dass sie das magische Baumhaus meinte.

„Wir gehen noch mal in den Wald!“, rief er ins Haus. „Wir müssen noch etwas nachschauen!“

„Seid aber bitte zurück, ehe es dunkel wird!“, bat ihre Mutter.

„Machen wir!“, versprach Philipp.

Er setzte seinen Rucksack auf und zusammen rannten sie die Straße hinunter bis an den Waldrand.

Es dämmerte schon, als sie durch den Wald liefen. Schließlich kamen sie zur höchsten Eiche und schauten gespannt nach oben.

Das magische Baumhaus war wirklich wieder da!

Sie kletterten die Strickleiter hoch.

„Welche besondere Art von Magie wir wohl diesmal finden sollen?“, fragte Philipp.

Sie sahen sich im Baumhaus um. In einer Ecke lagen die Schriftrollen, die sie aus dem Shakespeare-Theater mitgebracht hatten. Daneben lag der Zweig von den Berggorillas.

„Dort!“, rief Anne und deutete auf ein Buch in einer anderen Ecke. Ein Zettel lugte aus dem Buch hervor.

Philipp hob das Buch auf, zog den Zettel heraus und las:

Lieber Philipp, liebe Anne!
Viel Glück bei eurer dritten Reise
auf der Suche nach der besonderen
Magie. Dieser Reim soll euch leiten:
Baut ein ganz besondres Schiff,
das vorbei an jedem Riff
im Sturm der Meere und des Lebens
sicher auf den Wellen reitet
und zur besonderen Magie euch leitet.

Ich danke euch!
Morgan

Philipp sah Anne an.

„Ein Schiff?“, fragte er.

Sie zuckte mit den Schultern. „Wo sollen wir es denn überhaupt bauen?“

Die Geschwister betrachteten den Buchumschlag. Darauf waren Palmen zu sehen, ein Strand und ein wunderschönes Meer. Der Titel lautete: *Ein Besuch im alten Hawaii.*

„Hey, super!“, jubelte Anne. „Hawaii finde ich klasse!“

„Woher willst du wissen, ob Hawaii dir gefallen wird?“, fragte Philipp. „Wir waren doch noch nie dort.“

„Na
ja, aber
jetzt reisen
wir ja hin“, sagte
Anne. Sie deutete auf
den Buchumschlag. „Ich
wünschte, wir wären dort!“

Wind kam auf.

Der Wind wurde stärker.

Das Baumhaus fing an, sich zu drehen.

Es drehte sich schneller und immer schneller.

Dann war alles wieder still.

Totenstill.

Aloha!

Philipp machte die Augen auf. Eine leichte Brise strich über seine Haut.

Die Geschwister liefen zum Fenster und sahen hinaus.

Das Baumhaus war auf einer hohen Palme am Rand einer Blumenwiese gelandet.

Auf der einen Seite der Wiese fiel eine Klippe steil nach unten zum Meer ab, auf der anderen Seite der Wiese sah man ein Dorf. Hinter dem Dorf erhoben sich graue Berge.

„Ich habe dir ja gleich gesagt: Hawaii gefällt mir“, sagte Anne. „Und dir?“

„Ich will erst einmal etwas darüber wissen“, antwortete Philipp. Er rückte seine Brille zurecht und schlug das Hawaii-Buch auf.

Dann las er vor:

> Hawaii ist eine Inselgruppe in der Südsee. Vor vielen Millionen Jahren entstanden die Inseln durch Vulkane, die unter dem Meer ausbrachen und sich im Laufe der Zeit über das Wasser erhoben.

„Irre“, staunte Anne. „Dann sind wir jetzt also auf einem Vulkan!“

Philipp las weiter:

Das Vulkangestein verwandelte sich langsam in Erde. Im Laufe vieler Millionen Jahre brachten Wind und Vögel Samen auf die Inseln. Aus den Samen wuchsen Pflanzen und Bäume, in denen sich Vögel und Insekten ansiedelten.

„Echt cool“, sagte Philipp. Er zog sein Notizbuch und einen Stift aus dem Rucksack und notierte sich:

Wind und Vögel brachten Samen

Dann las er weiter.

Vor ungefähr 2000 Jahren besiedelten die ersten Menschen Hawaii. Sie kamen mit Kanus von anderen Inseln.

„Hör doch mal“, sagte Anne. Philipp lauschte. Mit dem Wind wehten Musik und Gelächter zum Baumhaus herüber.

„Hört sich an, als würden die Leute im Dorf ein Fest feiern“, sagte Anne. „Lass uns hingehen!“

„Und was ist mit dem Schiff, das wir bauen sollen?“, fragte Philipp.

„Darum kümmern wir uns später!“, entschied Anne und kletterte die Leiter hinab.

Schnell packte Philipp seine Sachen ein und folgte Anne.

Die Sonne stand schon tief am Himmel, als sie über die Wiese auf das Dorf zugingen.

„Oh Mann“, flüsterte Philipp.

Die Schönheit der Insel war überwältigend: Bunte Schmetterlinge flatterten über schönen Blumen und kleine gelbe Vögel flogen umher.

Als sie zum Dorf kamen, sahen sie einen Platz voller Leute. Philipp und Anne versteckten sich hinter einer Palme und beobachteten das Fest.

Auf dem Platz waren etwa 50 Menschen. Sie waren alle barfuß und trugen Blütenketten um den Hals.

Eine Frau sang ein Lied und ihre Worte hoben und senkten sich wie Wellen im Meer. Während sie sang, machten andere Musik.

Die meisten Dorfbewohner aber tanzten. Sie traten von einem Fuß auf den anderen, schwangen ihre Hüften und bewegten dazu die Hände.

„Sie tanzen den Hula", flüsterte Anne lächelnd.

Philipp zog das Hawaii-Buch hervor, fand ein Bild von tanzenden Hawaiianern und las:

Die Ureinwohner von Hawaii kannten keine Schrift. Sie erzählten ihre Geschichten mithilfe des Hula-Tanzes. Hula ist eine Mischung aus Tanz und gesungenen Geschichten.

Auf einmal hörte Philipp lautes Lachen und Klatschen. Er sah auf –

Anne tanzte mit den Dorfbewohnern zusammen Hula. Aber niemand schien sich darüber zu wundern. Alle lächelten sie einfach nur an und tanzten weiter.

Ein Mädchen entdeckte Philipp. Sie war etwa in Annes Alter. Sie hatte langes, glänzendes schwarzes Haar und ein freundliches Lächeln.

„Komm, tanz mit!“, rief sie ihm zu.

„Auf gar keinen Fall“, flüsterte Philipp.

Aber das Mädchen tanzte einfach zu ihm hin und nahm ihn bei der Hand. „Mach mit!“, bat sie.

„Nein, danke!“, antwortete Philipp.

Das Mädchen ließ ihn einfach nicht los. Es zog Philipp aus seinem Versteck. Die Tänzer und Musiker lächelten Philipp an.

Philipp stand stocksteif da. Er konnte nicht tanzen – schon gar nicht Hula! Er starrte zu Boden und wartete, bis der Tanz vorbei war.

Die Hawaiianer versammelten sich um Philipp und Anne. Sie hatten alle sehr freundliche, offene Gesichter.

„Wer seid ihr?“, fragte das junge Mädchen.

„Ich heiße Anne. Und das hier ist mein Bruder Philipp“, erklärte Anne.

„Ich heiße Kama“, sagte das Mädchen. Sie deutete auf einen Jungen, der etwa so alt war wie Philipp. „Und das hier ist mein Bruder Boka.“

Der Junge trat vor. Er nahm seinen Blütenkranz ab und legte ihn Anne um den Hals.

„Ein *Lei*, um dich willkommen zu heißen!“, erklärte Boka.

Kama nahm ihren *Lei* ab und legte ihn Philipp um den Hals.

„*Aloha*, Philipp und Anne“, sagten die Hawaiianer.

Neue Freunde

„Aloha“, erwiderten Philipp und Anne.

„Wo kommt ihr her?“, fragte eine hübsche Frau.

„Aus Pepper Hi…“, wollte Anne gerade antworten, aber Philipp unterbrach sie.

„Von der anderen Seite der Berge“, sagte er schnell. Er deutete auf die Berge, die sich in der Ferne erhoben.

„Wir freuen uns über euren Besuch“, sagte die Frau und alle lächelten.

Boka und seine Schwester führten Anne und Philipp zum Rand des Dorfplatzes. Dort setzten sie sich ins Gras. Kama holte eine hölzerne Schale und hielt sie Philipp und Anne hin.

„Bitte, esst doch“, sagte sie.

„Was ist das?“, fragte Anne.

„Das ist *Poi*“, antwortete Kama. Sie schöpfte etwas *Poi* mit der Hand aus der Schüssel und leckte die Finger ab.

Anne probierte ebenfalls davon. „Hmmm … Lecker!“

Philipp steckte seine Finger auch in den *Poi*. Das Zeug fühlte sich ein bisschen an wie Erdnussbutter. Aber als er seine Finger ableckte, schmeckte es seltsam – zugleich bitter und süß!

„Hmmm“, machte er, aber er zog dabei eine Grimasse.

„Es schmeckt ihm nicht“, sagte Kama zu Boka.

„Doch, doch!“, versicherte Philipp. „Es …“ Er suchte nach einem höflichen Ausdruck. „Es schmeckt wirklich interessant!“

Kama und Boka kicherten.

„Erzählt uns von eurem Zuhause auf der anderen Seite der Berge!“, bat Kama.

Weil Kama so freundlich lächelte, wollte Philipp ihr gerne die Wahrheit sagen.

„Es heißt Pepper Hill“, sagte er. „Und es ist sehr viel weiter weg von hier als einfach nur auf der anderen Seite der Berge. Wir sind mit einem verzauberten Baumhaus hierhergekommen.“

Kama und Boka machten große Augen.

„Das klingt nach viel Spaß“, sagte Kama.

„Habt ihr es gut“, sagte Boka.

Philipp und Anne lachten.

„Ja, wir haben es wirklich gut“, bestätigte Philipp. Er freute sich, dass sie ihren neuen Freunden von dem Baumhaus erzählt hatten.

„Könnt ihr über Nacht bleiben?“, fragte Kama.

Philipp nickte.

Kama rannte zu der hübschen Frau.

Die beiden sprachen einen Augenblick miteinander, dann kam Kama zurück.

„Unsere Mutter hat euch eingeladen, bei uns zu übernachten“, sagte sie.

„Super, danke“, sagte Anne.

Sie standen auf und folgten Kama und Boka in der Dämmerung durch das Dorf.

„Das ist unser Haus“, sagte Kama und führte Philipp und Anne in eine kleine Hütte.

In dem dämmrigen Licht konnte Philipp kaum die Wände aus getrocknetem Gras und die geflochtenen Grasmatten auf dem Boden erkennen.

„Und wo sollen wir schlafen?“, fragte Philipp.

„Hier auf den Matten!“, antwortete Boka.

Philipp und Anne zogen ihre Schuhe aus, nahmen ihre Leis ab und legten sich auf die Grasmatten.

In der Ferne konnte Philipp das Rauschen der Wellen hören.

„Das Meer ruft“, flüsterte Kama.

„Morgen nehmen wir euch mit zum Wellenreiten!“, versprach Boka.

„Wellenreiten? Du meinst Surfen, oder?“, fragte Anne.

„Ja“, antwortete Boka.

„Cool“, sagte Philipp. Aber er war sich nicht ganz sicher, ob er das auch wirklich so meinte. Surfen erschien ihm doch ziemlich gefährlich …

Als ob Kama seine Gedanken gehört hätte, sagte sie: „Keine Angst, wir werden bestimmt viel Spaß haben!“

„Bestimmt!“, sagte Anne.

Bald hörte Philipp nur noch regelmäßige Atemzüge. Die anderen drei waren eingeschlafen.

„Oh nein“, dachte Philipp auf einmal. „Jetzt haben wir sie gar nicht gefragt, ob sie uns helfen können, ein Schiff zu bauen! Das müssen wir morgen auf jeden Fall tun …“

Dann schlief auch er ganz schnell ein.

Das Gartenparadies

Philipp hörte ein Klopfen. Er träumte, dass sie mit Boka und Kama ein Schiff bauten.

Er schlug die Augen auf. Nur Anne und er waren noch in der Hütte.

„He, wach auf!“, rief er.

Anne öffnete die Augen.

„Ich glaube, dass sie draußen ein Schiff bauen“, sagte Philipp. „Komm, lass uns nachschauen!“

Anne sprang auf. Sie nahmen ihre Sachen und gingen hinaus.

Boka, Kama und ihre Eltern lächelten Anne und Philipp an. Alle waren beschäftigt, aber keiner von ihnen baute an einem Schiff. „Baut ihr eigentlich auch Schiffe?“, fragte Philipp.

„Schiffe?“, fragte Boka. „Wozu?“

Philipp zuckte mit den Schultern. „Um irgendwohin zu segeln?“

„Weshalb sollten wir irgendwohin segeln?“, fragte Kama.

Philipp lächelte. „Gute Frage.“

Kama fragte ihre Eltern, ob sie jetzt spielen gehen dürften.

„Wir sind mit der Arbeit fertig“, sagte Kama. „Dürfen wir jetzt mit Philipp und Anne zum Meer gehen?“

„Zum Wellenreiten!“, fügte Boka hinzu.

Philipp hoffte fast, dass ihre Eltern Nein sagen würden.

„Ja, geht nur. Und habt viel Spaß mit euren Freunden!“, sagte ihr Vater.

„Wir sind bald zurück“, sagte Kama.

Anne und Philipp gingen hinter Kama und Boka durch das Dorf.

„Habt ihr Hunger?“, fragte Kama.

„Und wie!“, antworteten Philipp und Anne.

Kama und Boka kletterten auf eine Palme und warfen Kokosnüsse hinunter, die sie dann mit einem großen Stein öffneten.

Philipp trank von der süßen Kokosmilch. „Mmmmh", machte er.

„Interessant?", fragte Boka.

„Nein, *mmmh* bedeutet gut!", erklärte Philipp. Alle lachten.

Anschließend pflückte Boka Bananen von einem Bananenbaum und gab sie Anne und Philipp.

Es war die allerbeste Banane, die Philipp je gegessen hatte.

Als sie zu Ende gefrühstückt hatten, liefen sie zu der Blumenwiese. Der Himmel war blauer als das blaueste Blau, das Philipp je gesehen hatte, und das Gras war grüner als das grünste Grün, das er kannte.

„Philipp! Schau doch mal!“, rief Anne.

Einige Meter unter den Felsen war der Strand.

Muscheln und Tang lagen auf dem glitzernden weißen Sand und große schaumige Wellen rollten auf den Strand.

Wellenreiten

Unten am Strand zog Philipp seine Schuhe aus und grub die Zehen in den warmen Sand. Er war so weich wie Seide.

Die Kinder blieben vor hölzernen Surfbrettern stehen, die gegen die Felsen lehnten.

Boka reichte Philipp ein langes Brett.

Er suchte ein weiteres Brett für Anne aus, dann nahmen Kama und er sich auch welche.

Philipp holte tief Luft. „Ich würde gerne erst noch ein bisschen was über das Surfen lesen“, sagte er.

Er lehnte das schwere Surfbrett zurück an den Felsen und zog das Hawaii-Buch aus seinem Rucksack.

„Was ist denn das?“, fragte Kama.

„Das ist ein Buch“, antwortete Philipp. „Es erzählt einem viele interessante Dinge.“

„Es kann sprechen?“, fragte Kama ungläubig.

„Nein“, erwiderte Anne. „Man muss es lesen.“

Kama sah sie verständnislos an.

„Philipp!“, rief Anne. „Lass doch das Buch! Wir machen einfach, was Boka und Kama uns zeigen.“ Anne lief mit ihrem Brett schon voraus ans Wasser.

Seufzend steckte Philipp das Buch wieder ein. Er ließ seinen Rucksack im Sand liegen, packte das Surfbrett und folgte den anderen.

Zusammen wateten alle ins kühle, flache Wasser. Je weiter sie ins Wasser hineingingen, desto größer erschienen Philipp die Wellen. Als ihn die erste Welle traf, wurde er von der Wucht beinahe umgeworfen.

„Wir paddeln noch ein Stück hinaus und warten auf eine große Welle“, erklärte Boka.

Philipp runzelte die Stirn. „Aber …“

„Keine Angst, Philipp“, beruhigte Kama ihn. „Das wird dir Spaß machen!“

Boka und Kama legten sich bäuchlings auf ihre Bretter und paddelten mit den Händen weiter aufs Meer hinaus.

Philipp und Anne machten es ihnen nach.

„Wenn ich ‚jetzt!' rufe, müsst ihr, so schnell es geht, zurück zum Ufer paddeln", sagte Kama.

„Und wann müssen wir aufstehen?", fragte Anne.

„Wenn die Welle euch zurück zum Strand trägt", antwortete Kama. „Aber versucht es nicht gleich beim ersten Mal! Reitet die Welle zuerst einmal auf dem Bauch."

„Da kommt eine!“, rief Boka.

„Wartet, wartet!“, rief Philipp. Das ging ihm alles viel zu schnell.

„Jetzt!“, schrie Kama da schon.

Philipp sah die riesige Welle auf sich zurollen. Und ehe er weiter darüber nachdenken konnte, paddelten Boka, Kama und Anne schon, so schnell sie konnten, zum Strand zurück. Philipp paddelte auch, um nicht den Anschluss zu verlieren.

Auf einmal hob die Welle ihn hoch und schob das Brett vorwärts.

Philipp raste mit unglaublicher Geschwindigkeit auf den Strand zu.

Aus den Augenwinkeln sah er, dass Boka, Kama – und sogar Anne! – auf ihren Brettern standen.

Philipp wollte es genauso machen: Er kniete sich auf sein Brett. Dann stellte er den linken Fuß nach vorne und stand auf. Eine Sekunde lang fühlte er sich wie ein Vogel im Flug – gleich darauf verlor er das Gleichgewicht.

Er fiel ins Wasser und konnte gerade noch seine Brille festhalten. Die mächtige Welle brach über ihm zusammen. Er bekam Wasser in den Mund und in die Nase. Sein Brett und sein Lei wurden fortgerissen. Als sein Kopf endlich wieder über Wasser war, hustete er und schnappte nach Luft. Er schwamm zurück zum Strand und ließ sich erschöpft in den warmen Sand fallen.

Ein Erdbeben!

„Philipp!“, schrie Anne und rannte zu ihm. „Hast du dir wehgetan?“

Philipp schüttelte den Kopf und setzte seine nasse Brille auf.

Kama holte Philipps Surfbrett.

„Ich habe dir doch gesagt, dass du dich nicht hinstellen sollst!“, sagte sie und lachte. „Die Welle hat dich ganz schön erwischt, oder?“

„Finde ich gar nicht witzig!“, dachte Philipp. „Das war echt gefährlich!“

„Am besten probierst du es gleich wieder!“, riet Boka.

„Ihr könnt gerne gehen“, sagte Philipp. Seine Augen und die Nase brannten vom salzigen Meerwasser. „Ich bleibe hier!“ Er ging zu seinem Rucksack und holte das Hawaii-Buch heraus.

„Ach, komm schon, Philipp“, sagte Anne. „Versuch es einfach noch mal.“

„Nein! Erst werde ich nachlesen, wie das mit dem Surfen geht!“, erklärte er.

„Ach, du musst es einfach machen – nicht darüber lesen!“, widersprach Anne und nahm ihm das Buch weg.

Philipp riss es ihr wieder aus der Hand. Dabei rutschte er aus und fiel hin.

Kama und Boka lachten wieder.

„Und wieso lacht ihr beide da überhaupt?“, rief Philipp wütend. „Ihr könnt ja noch nicht einmal lesen!“

Boka und Kama sahen sich betroffen an.

„Philipp! Das war echt gemein“, sagte Anne ernst. „Los, entschuldige dich!“

Aber Philipp schlug das Buch auf und tat so, als ob er lesen würde. Es tat ihm wirklich leid. Aber er war zu aufgebracht, um das zuzugeben.

„Na super! Dann bleib doch hier!“, sagte Anne zornig und lief zurück zu Kama und Boka. „Kommt, wir gehen!“

Als sie weg waren, sah Philipp von seinem Buch auf. Er beobachtete, wie die anderen drei durch die Wellen paddelten.

„Ist mir doch egal“, murmelte er. „Ich will sowieso nie wieder raus in diese blöden Wellen! Außerdem hat Morgan uns nicht hierhergeschickt, damit wir surfen lernen. Sie hat gesagt, dass wir ein Schiff bauen sollen. Aber wie sollen wir das nur machen?“

Auf einmal hörte er ein dumpfes Grollen unter dem Sand. Die Erde begann zu beben – so stark, dass Philipp das Buch aus der Hand flog!

Er wurde von einem starken Erdstoß durchgeschüttelt.

„Ein Erdbeben!“, dachte Philipp.

In diesem Moment hörte das Grollen und Beben wieder auf.

Philipp blickte hinaus aufs Meer. Kama, Boka und Anne saßen auf ihren Surfbrettern und lachten und redeten.

Alles schien wieder in Ordnung zu sein, aber Philipp spürte irgendwie, dass etwas nicht stimmte. Er hob das Hawaii-Buch auf und schlug im Verzeichnis unter „Erdbeben“ nach. Dann las er:

> Auf Hawaii können Erdbeben sogenannte Tsunamis verursachen. Ein Erdbeben kann das Wasser im offenen Meer in Bewegung bringen. Das Wasser steigt immer höher an, während es auf das Land zukommt. Vor einem Tsunami

kann es passieren, dass das Meer zunächst vom Strand zurückweicht. Dann kommt es als gewaltige Flutwelle wieder, rollt über das Land und spült alles in seinem Weg fort.

„Oh Mann!“, dachte Philipp entsetzt. „Dann kommt jetzt womöglich ein *Tsunami*!“

Surft um euer Leben!

Philipp musste so schnell wie möglich mehr über diese *Tsunamis* erfahren. Er las weiter:

> Ein Tsunami kann nach einem Erdbeben auftreten. Nach einem Erdbeben ist es für Inselbewohner deshalb am sichersten, hoch in die Berge zu gehen.

„Wir müssen in die Berge. Und zwar sofort!“, dachte Philipp und ließ das Buch fallen.

Er rannte hinunter zum Wasser. Boka, Kama und Anne paddelten immer noch auf dem Meer. Ihren Streit hatte Philipp völlig vergessen.

„Hallo! Kommt zurück!“, schrie er.

Aber sie hörten ihn nicht. Philipp schnappte sich sein Surfbrett und lief ins Wasser. Er schwang sich darauf und paddelte, was das Zeug hielt!

„Hey!“, schrie er. „Hallo!“

Boka schaute zurück zu ihm, winkte ihm freundlich zu und drehte sich wieder um.

„Ich muss es irgendwie schaffen, dass sie zu mir kommen“, dachte Philipp. Dann schrie er, so laut er konnte: „Hilfe! Hilfe!“

Die drei fuhren erschrocken herum und paddelten auf der Stelle zu Philipp.

„Was ist los?“, rief Anne, als sie näher kam.

„Bist du in Schwierigkeiten?“

„Das sind wir alle“, antwortete Philipp. „Ich fürchte, bald wird ein Tsunami kommen. Jedenfalls war am Strand gerade ein Erdbeben!“

„Dann sollten wir schnell zurücksurfen!“, sagte Boka besorgt.

„Bleibt diesmal lieber auf dem Bauch liegen!“, riet Kama. „Da kommt eine Welle!“

Sie fingen alle wieder an zu paddeln. Die Welle hob sie hoch und schob sie mit riesiger Geschwindigkeit zurück zum Strand.

Philipp klammerte sich während des Wellenritts an sein Brett. Als die Welle unter ihm brach, fiel er auf einmal tiefer. Aber er hielt sich auf seinem Brett und das Wasser schob ihn sicher an den Strand.

Im flachen Wasser ließ Philipp sich vom Brett rollen und lief zum Strand.

„Guter Ritt, Philipp“, sagte Boka anerkennend.

„Wo ist Anne?“, fragte Philipp und sah sich suchend um.

Boka deutete hinaus aufs Meer. Anne war im flachen Wasser und zog ihr Surfbrett an den Strand. Während die drei Anne beobachteten, passierte etwas Seltsames mit dem Meer: Das Wasser rund um Anne zog sich auf einmal zurück.

Die Riesenwelle

„Lauf, Anne! Renn!“, schrie Philipp. Das Wasser floss mit einem lauten, schlürfenden Geräusch vom Strand weg.

Anne ließ ihr Surfbrett fallen und rannte los. Als sie zu Philipp kam, packte sie ihn an der Hand. Philipp ergriff Bokas Hand, Boka nahm Kama an die

Hand. Sie zogen einander vorwärts und rannten zusammen auf die Klippe zu. Philipp und Anne schnappten sich im Rennen noch ihre Schuhe und den Rucksack.

Oben auf der Klippe drehten sie sich um und schauten zurück. Philipp wollte seinen Augen nicht trauen: Eine riesige Welle raste auf den Strand zu – und sie wurde immer höher, je näher sie kam.

„Irre“, flüsterte Anne.

„Weg vom Rand!“, schrie Boka.

Die vier Kinder rannten vom steilen Rand der Klippe weg. Da krachte der Wellenberg auch schon gegen die Felsen.

Salziges Meerwasser spritzte über die Klippe und regnete auf die vier Freunde herab.

Als das Wasser von der Klippe zurückrollte, liefen sie wieder nach vorne, um zu sehen, was passiert war. Der Pfad zwischen den Felsen war verschwunden. Die Riesenwelle bewegte sich zurück aufs offene Meer und nahm Felsbrocken, Sand, Muscheln und die Surfbretter mit sich.

„Gruselig“, flüsterte Anne.

„Ja“, sagte Philipp. „Wir haben es gerade so geschafft!“

„Boka! Kama!“, riefen besorgte Stimmen.

Sie drehten sich um. Die Eltern von Boka und Kama rannten über die Wiese auf sie zu. Hinter ihnen kamen alle anderen Leute aus dem Dorf.

Alle lagen einander in den Armen.

Philipp umarmte Anne. Er umarmte Kama, Boka, ihre Eltern und ganz viele andere Menschen, die er gar nicht kannte.

Eine Geschichte erzählen

Schließlich gingen alle zusammen zurück ins Dorf.

„Wir spürten, dass die Erde bebte“, erzählte der Vater von Boka und Kama. „Da wussten wir, dass vielleicht eine große Welle kommen würde.“

„Philipp hat uns gerettet“, sagte Boka. „Er hat in einem Buch von den *Tsunamis* gelesen.“

„Was ist denn ein Buch?“, fragte Bokas Mutter.

„Zeig es ihnen!“, forderte Anne ihren Bruder auf.

Philipp holte das Hawaii-Buch aus seinem Rucksack.

„Dieses Buch hat mir von den *Tsunamis* berichtet“, erklärte Philipp. „In Büchern findet man viele wichtige Dinge.“

„Ah, dann ist ein Buch eine gute Sache!“, meinte die Mutter von Kama und Boka.

„Bücher können auch Geschichten erzählen“, sagte Anne.

„Das ist unmöglich!“, widersprach Kama. „So ein Buch kann nicht tanzen, es kann nicht die Hände bewegen und es kann weder singen noch sprechen!“

„Das ist wahr!“, gab Philipp lächelnd zu.

„Lasst uns jetzt den Hula tanzen und unsere Geschichte erzählen“, sagte Boka zu Kama, Philipp und Anne.

Die Dorfbewohner ver-

sammelten sich. Ein Mann spielte Flöte, ein Junge schlug zwei Stöcke gegeneinander und einige schüttelten die Rasseln. Boka, Kama und Anne bewegten ihre Hände zur Musik. Kama sang, wie sie aufs Wasser hinausgepaddelt waren. Boka, Anne und Kama bewegten ihre Hände so, als ob sie aufs Meer paddeln würden. Kama sang darüber, wie Philipp sie gewarnt hatte.

Dann überraschte Philipp alle – sogar sich selbst: Er bewegte ebenfalls die Hände und zeigte, wie er schnell wie ein Vogel über die Wellen geglitten war. Und ehe er recht wusste, was er tat, tanzte auch er den Hula!

Kama sang von dem Meer, das auf einmal vom Strand zurückgewichen war, wie sie gerannt waren und wie schließlich die Riesenwelle an die Klippe gedonnert war.

Bald tanzten die anderen Dorfbewohner auch mit. Als die Geschichte zu Ende war, klatschten alle.

„Danke, dass ihr uns geholfen habt“, sagte Boka zu Philipp und Anne.

„Wir sind ein gutes Team!“, fand Anne.

„Wir sind die besten Freunde“, sagte Kama.

„Ja“, bestätigte Philipp. „Es tut mir leid, was ich vorhin gesagt habe.“

„Uns tut es leid, dass wir über dich gelacht haben“, entschuldigte sich Boka.

„Und mir tut es leid, dass ich dir das Buch aus der Hand gerissen habe“, sagte Anne.

„Meine Mutter sagt, Freundschaft ist wie Wellenreiten“, sagte Kama. „Manchmal reitet man auf sanften, ruhigen Wellen. Doch manchmal erwischt man auch eine heftige, schwierige Welle. Aber echte Freundschaft läuft nie auf ein Riff.“

Anne sah aufgeregt zu Philipp. Dann wiederholte sie leise Morgans Reim:

„Baut ein ganz besondres Schiff,
das vorbei an jedem Riff
im Sturm der Meere und des Lebens
sicher auf den Wellen reitet
und zur besonderen Magie euch leitet.“

„Freundschaft! Genau, das ist es! Freundschaft ist wie Wellenreiten, hat die Mutter von Boka und Kama gesagt. Und Surfbretter sind wie besondere Schiffe!“, rief Philipp.

„Und wir haben zusammen mit Kama und

Boka dieses Freundschafts-Schiff gebaut!", jubelte Anne.

Sie lachten erleichtert.

Boka und Kama sahen ihre neuen Freunde verständnislos an, aber dann lachten sie einfach mit.

„Wir müssen jetzt wieder nach Hause", sagte Anne zu Boka und Kama.

„Ja, wir müssen leider Auf Wiedersehen sagen", bedauerte Philipp.

„Wir sagen niemals *Auf Wiedersehen*“, erklärte Kama. „Wir sagen *Aloha*, wenn wir unsere Freunde begrüßen, und wir sagen *Aloha*, wenn wir uns von ihnen verabschieden.“

„Freunde sind immer zusammen“, sagte Boka. „Auch, wenn sie sich trennen müssen.“

„Habt eine gute Reise mit eurem magischen Baumhaus!“, wünschte Kama.

„Danke“, sagten Philipp und Anne. Sie winkten den Dorfbewohnern zu. *„Aloha!“*

„Aloha!“, riefen die Hawaiianer zurück.

Dann machten Anne und Philipp sich wieder auf den Weg. Sie gingen über die Blumenwiese zum Palmenwäldchen. Dort kletterten sie ins Baumhaus.

Philipp sah zum Fenster hinaus. Er sah die hohen Berge, das kleine Dorf, die Blumenwiese und das Meer. Das Wasser war jetzt wieder glatt und ruhig.

„Ich habe immer noch meinen Lei“, sagte Anne. Sie nahm den Blütenkranz ab.

„Das ist der Beweis, dass wir den besonderen Zauber gefunden haben“, sagte Philipp. „Den Zauber der Freundschaft!“

Anne legte ihren Lei neben die Pergamentrolle und den Zweig. Dann nahm sie das Pennsylvania-Buch und schlug es auf.

„Bereit?“, fragte sie.

Philipp seufzte. „Hawaii gefällt mir!“

„Endlich gibst du das auch zu“, sagte Anne. Sie deutete auf das Bild vom Wald in Pepper Hill. „Ich wünschte, wir könnten jetzt nach Hause gehen“, sagte sie.

Wind kam auf.

Das Baumhaus fing an, sich zu drehen.

Es drehte sich schneller und immer schneller.

Dann war alles wieder still.

Totenstill.

Die Magie des Alltags

Philipp schlug die Augen auf.

Hinter den Bäumen ging die Sonne unter. Hier in Pepper Hill war wie immer keine Minute vergangen, während sie in Hawaii waren.

„Willkommen zu Hause“, sagte jemand leise.

Morgan stand im Baumhaus.

„Morgan!“, rief Anne. Die Geschwister umarmten die Zauberin stürmisch.

„Sieh mal, Morgan“, sagte Anne. „Hier haben wir die Beweise, dass wir die drei besonderen Arten der Magie gefunden haben.“

„Ja, ich sehe es“, sagte Morgan.

Morgan hob die Schriftrollen auf, die

Philipp und Anne im alten England von William Shakespeare bekommen hatten.

„Ihr habt den Zauber des Theaters gefunden“, sagte sie.

Dann griff sie nach dem Zweig von den Berggorillas aus dem afrikanischen Regenwald.

„Und den Zauber der Tiere“, sagte sie.

Schließlich hob Morgan auch noch den Blumenkranz von Kama und Boka auf.

„Und ihr habt den Zauber der Freundschaft entdeckt."

Morgan sah Philipp und Anne einen Augenblick ernst an. „Hört gut zu, was ich euch jetzt sage!", bat sie. „Ihr seid jetzt *Zauberer für die Magie des Alltags*. Ihr habt gelernt, den Zauber in den Dingen zu finden, die ihr täglich um euch habt. Es gibt noch sehr viele andere Formen der *Magie des Alltags*. Man muss nie lange suchen, um sie zu finden. Es genügt, wenn man sein Leben genießt und bewusst lebt."

Philipp und Anne nickten.

Plötzlich hörten sie jemanden rufen: „Philipp! Anne!“

„Papa ruft nach uns“, sagte Anne.

„Dann müsst ihr jetzt nach Hause gehen“, erwiderte Morgan sanft.

„Ruht euch aus und bereitet euch darauf vor, eure Kräfte einzusetzen. Die aufregendsten Abenteuer stehen euch noch bevor!“

„Auf Wiedersehen, Morgan“, sagten Anne und Philipp.

Philipp zog das Hawaii-Buch aus seinem Rucksack und gab es Morgan. Dann setzte er den Rucksack wieder auf und kletterte mit Anne die Strickleiter nach unten. Ein Wirbel funkelnden Lichtes blitzte in der Baumkrone auf.

Als das Licht verlosch, war das Baumhaus verschwunden. Morgan war wieder weg.

„Die aufregendsten Abenteuer stehen uns noch bevor?“, wiederholte Philipp nach einem Moment des Schweigens. „Weißt du, was Morgan damit gemeint hat?“

„Nein, weiß ich nicht“, antwortete Anne.

„Irgendwie fürchte ich mich ein bisschen, wenn ich das höre“, gab Philipp zu.

„Musst du nicht“, beruhigte ihn Anne. „Wir schaffen das! Schließlich sind wir jetzt *Zauberer für die Magie des Alltags*.“

Philipp lächelte. „Stimmt“, sagte er.

Als sie aus dem Wald kamen, ging die Sonne gerade unter. Am anderen Ende der

Straße standen ihre Eltern auf der Veranda und winkten ihnen zu.

Philipp spürte auf einmal eine Welle des Glücks in sich. „Es gibt noch eine weitere *Magie des Alltags*“, dachte er, „den *Zauber der Familie*!“

Und in dem Moment war das für ihn der allerschönste Zauber überhaupt!

Mary Pope Osborne lernte schon als Kind viele Länder kennen. Mit ihrer Familie lebte sie in Österreich, Oklahoma, Florida und anderswo in Amerika. Nach ihrem Studium zog es sie wieder in die Ferne und sie reiste viele Monate durch Asien. Schließlich begann sie zu schreiben und ist damit außerordentlich erfolgreich. Bis heute sind schon über fünfzig Bücher von Mary Pope Osborne erschienen. *Das magische Baumhaus* ist in den USA und in Deutschland eine der beliebtesten Kinderbuchreihen.

Jutta Knipping, geboren 1968, hat erst eine Ausbildung zur Druckvorlagenherstellerin absolviert, bevor sie in Münster Visuelle Kommunikation studierte. Schon während ihres Studiums hat sie erste Bücher illustriert. Mittlerweile ist sie freiberuflich als Grafikdesignerin und Illustratorin tätig. Jutta Knipping lebt mit ihrem Mann und zwei Kindern in der Nähe von Osnabrück und lässt sich von ihren Katern Leo und Micki gern bei der Arbeit zugucken.